KB075961

오싹한 바다 캠핑장

발 행 | 2023년 9월 6일
저 자 | 권우빈 외 22명
펴낸이 | 한건희
펴낸곳 | 주식회사 부크크
출판사등록 | 2014.07.15.(제2014-16호)
주 소 | 서울특별시 금천구 가산디지털1로 119 SK트윈타워 A동 305호
전 화 | 1670-8316
이메일 | info@bookk.co.kr

ISBN | 979-11-410-4363-6

www.bookk.co.kr

으쓱한 바다 캠핑장...

서울산도초등학교 4학년 3반 자음.

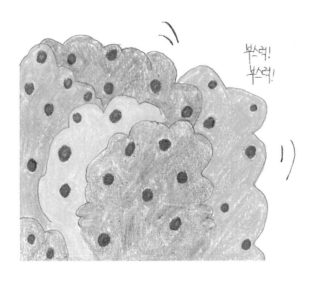

부스럭!
부스럭!

CONTENT

제1화 강아지의 저항

치직~ 치직~

한 위대한 과학자가 연구소에서 강아지에 대한 엄청난 실험을 하는 중이었습니다.

'휴우~ 거의 다 완성된다.'

라고 과학자가 속삭였습니다. 하지만 과학자에게 불만을 품은 연구원은 그의 작업을 망치려고 했습니다. 왜냐하면 실험 중인 강아지가 바로 연구원의 반려견이었기 때문이었습니다. 그래서 연구원은 과학자의 실험을 방해했고, 과학자는 결국 실험을 실패할 수밖에 없었습니다.

그런데 무슨 일인지 강아지가 점점 커졌습니다. 커진 강아지는 연구실을 부숴버리고 도망을 가 버렸습니다.

"삐~삐~"

비상벨이 울리고 과학자의 외침이 들렸습니다.

"비상이다. 이제 연구소는 30초 뒤에 폭발할 거야. 모두 피해."

과학자는 가까스로 살아남았습니다. 이렇게 과학자의 거대 강아지 찾기 미션은 시작되었습니다.

과학자는 지하철역으로 서둘러 뛰어갔습니다.

"어떡하지? 빨리 찾아야 되는데⋯⋯."

과학자가 주위를 두리번거리며 말했습니다. 그리고 지하철을 탔습니다. 지하철을 타고 나서 과학자는 지하철역에다가 짐을 놓고 왔음을 깨달았습니다. 하지만 과학자는 자기 주머니에 비상식량을 항상 가지고 다녔습니다. 과학자는 비상식량을 꺼냈습니다. 비상식량의 크기는 0.5mm이었습니다. 그리고 버튼을 누르면 커집니다.

"식량은 다 준비됐다."

과학자는 흐뭇하게 미소지으며 중얼거렸습니다.

지하철을 타고 한참을 지나가자 다리가 나왔습니다. 창밖으로 보이는 풍경이 괜찮았습니다. 풍경을 보며 다리를 지나가는데 지하철 철도가 끊어져 있었습니다.

"으아아악"

지하철은 급하강했고 사람들은 큰 소리를 질러서 몇 명은 고막이 터졌습니다. 그 때였습니다.

"거대 강아지다."

창 밖을 보던 사람들이 소리를 질렀습니다. 그들이 말한 곳을 보니 강아지가 밑에서 입을 벌리고 있었습니다. 과학자가 찾던 바로 그 강아지였습니다. 그러나 강아지를 발견한 기쁨도 잠시 강아지 입으로 기차가 떨어지고 있었습니다.

"휘후우우웅"

"풍덩"

강아지 침 속으로 떨어졌습니다. 그리고 식도를 따라 점점 안으로 들어갔습니다. 꼬불꼬불한 곳도 지나갔습니다. 바로 장이었습니다. 장은 정말 더러웠습니다. 음식들이 많았습니다.

"언제 탈출하지? 얼마나 남았지?"

과학자가 혼잣말로 중얼거렸습니다. 장에서 밖으로 탈출하는데 무려 3시간이 넘게 걸렸습니다. 그 때 어디선가 불이 보였습니다. 출구였습니다. 과학자는 거대 강아지의 똥구멍으로 탈출하였습니다.

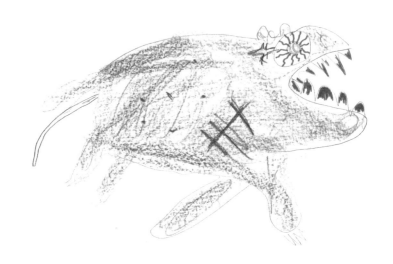

　지하철은 거대 강아지의 똥구멍에서 나왔습니다. 과학자는 탈출하자마자 괴로워하는 강아지에게 작아지는 약을 먹였습니다. 약을 먹은 강아지는 갑자기 휘청거리며 머리가 작아지고, 몸통이 작아지더니 다리까지 작아지고 결국은 먼지처럼 내 눈앞에서 사라졌습니다.

　"어?"

　과학자는 강아지가 사라지자 깜짝 놀라 소리쳤습니다. 과학자는 자기 머리카락이 떨어지고 있는 것을 보았습니다.

"어, 이게 뭐지?"

과학자가 말했습니다. 알고 보니 강아지가 과학자 머리카락을 갈고 있었던 것입니다.

"안 돼."

머리카락을 쥐어뜯으며 과학자가 말했습니다.

"으악!!"

"어떡하지?"

다른 과학자가 말했습니다. 연구원은 집게로 강아지를 집어 내었습니다.

"휴~"

과학자가 안도의 한숨을 내쉬며 거울을 보았습니다.

"으아아아아아악."

과학자가 너무 놀라 소리를 질렀습니다. 연구원들이 모여들었습니다.

"헉."

연구원들이 돌아가며 말했습니다.

"내 탈모약 어디 있어?"

과학자가 큰소리로 물었습니다. 과학자는 탈모약을 뿌리고 강아지를 되돌리는 방법을 찾았습니다. 강아지는 빛이 나면서 원래대로 돌아왔습니다. 과학자는 다행이라 생각했지만...

그리고 과학자는 울부짖었습니다.

"내 머..머..머..리카락이..... 어디 갔어?"

제2화 로뎅과 오뎅

어느 날 로뎅은 오뎅을 먹으려고 한다.

"히힛 맛있겠다."

로뎅은 군침을 삼키며 말한다. 그런데 갑자기 오뎅이 도망친다.

"내 오뎅~~~"

너무 깜짝 놀라서 로뎅이 말한다.

"나는 자유다!!!"

오뎅은 다다다닥 뛰어가며 말한다.

"안돼~ 흑흑"

로뎅은 흐느끼며 자리에서 일어났다. 오뎅이 집에 뛰쳐나가자 로뎅은 놀랐지만 이대로 오뎅을 놓칠 수는 없었다. 로뎅은 오뎅을 잡기로 결심했다. 로뎅은 침착하게 친구에게 전화해서 함께 오뎅을 쫓기로 했다.

사실 친구는 해외여행을 가려고 오늘 출발하는 300만원이나 하는 비행기 표를 샀었다. 하지만 마음이 약한 친구는 로뎅의 사정을 듣고 모른 척할 수가 없어서 어쩔 수 없이 집으로 돌아왔다.

"왜 이렇게 늦게 왔어?"

로뎅이 조급한 마음에 조금 큰 목소리로 물었다.

"야, 나는 너 때문에 해외여행도 못 갔는데 네가 어떻게 그런 말을 해?"

"알겠어. 내가 미안해. 그런데 빨리 출발하는 게 좋지 않을까?"

"알겠어. 빨리 가자!"

로뎅과 친구는 서둘러 집 밖으로 뛰어나가면서 말했다. 그때는 몰랐다. 그들이 오뎅을 찾아 전 세계를 떠돌게 될 거라는 사실을 말이다.

둘은 오뎅을 쫓던 중 어떤 마을에 들어가게 되었다. 그 마을 사람들은 짐을 싸서 그곳을 떠나고 있었다.

"지금 왜 이 마을을 떠납니까?"

마을 사람들이 떠나는 이유가 궁금해진 로뎅이 물었다.

"지금 우유들이 반란을 일으키고 있어요. 빨리 도망쳐야 해요."

등에 큰 짐을 진 마을 사람은 다급하게 말했다. 그 이야기를 들은 로뎅은 잠시 고민에 빠졌다.

'음... 이 마을을 구해줄까, 말까? 그것이 문제로다!'

의자에 다리를 꼬고 앉아 턱을 괴고 생각하던 로뎅은 큰 깨달음을 얻었다.

"앗, 마을을 구하면 우리에게 더 큰 이익을 얻잖아! 이번 일로 내가 유명해질 수 있을 거야."

로뎅을 바라보던 친구 손을 잡아끌며 로뎅은 서둘러 마을로 들어갔다. 아무래도 로뎅은 어떻게 해야 할지 알고 있는 것 같다.

로뎅은 우유들의 반란을 멈추기 위해 우유들의 우두머리에게 찾아가기로 결심했다. 한 번 결심

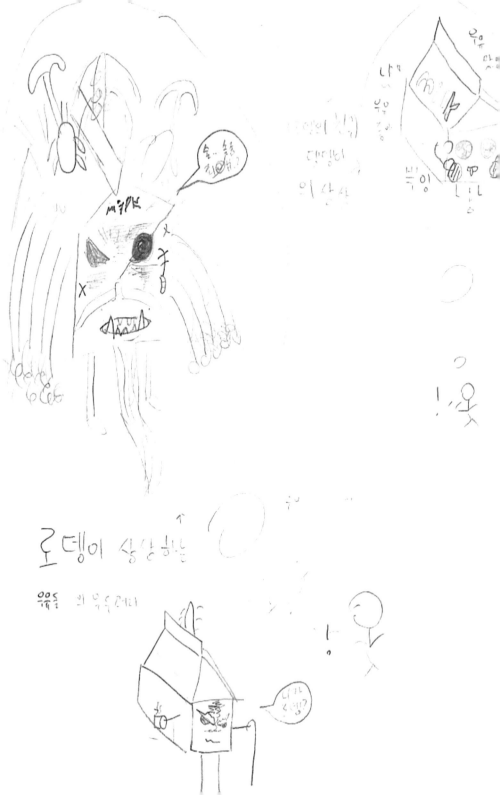

한 것은 풀리지 않는 법!!! 위험을 무릅쓰고 빨리 뛰어갔다.

'괜히 왔나?'

로뎅은 자신의 두려움을 밀어내며 마을로, 마을로 들어가서 드디어 우유 반란군의 우두머리를 만나게 되었다.

"여기는 네가 올 곳이 아니야."

우유 반란군의 우두머리가 말했다.

"저는 맛있는 오뎅을 쫓는 중입니다. 이제 싸움을 멈추면 내가 오뎅을 잡아줄 테니 같이 먹읍시다!"

로뎅은 자기가 생각한 말을 내뱉었어요. 우유 반란군의 우두머리는 고민에 빠졌다.

"어떻게 될까?"

우유들도 우두머리의 눈치를 보며 삼삼오오 모여 이야기를 나누었다. 그리고 결국 우유 반란군의 우두머리가 입을 열었다.

"알았다."

"와~"

반란에 지친 우유들은 이제 집으로 돌아갈 수 있다는 생각이 신이 나서 큰 소리를 질렀다.

마을의 문제를 모두 해결한 로뎅은 다시 오뎅을 잡으러 갔다. 로뎅은 함정을 놓아서 오뎅을 잡아야겠다고 생각했다. 로뎅은 친구와 힘을 모아 드릴로 바닥에 구멍을 뚫고 구멍 위를 나뭇잎으로 덮었다. 그리고 잠시 후 그들은 오뎅을 잡을 수 있었다. 로뎅의 생각대로 오뎅이 구멍에 빠져 있었던 것이다. 집으로 돌아온 로뎅은 냄비에 오뎅을 끓였다. 그리고 오뎅을 먹었다. 우유들도 같이 와서 먹었다. 그들은 행복하게 살았다.

제3화 어휴, 너 또 잃어버렸냐

어느 날 아침 1교시 종 치기 전의 일이었다.

"어? 그런데 왜 수학책이 없지?"

3분단 가장 앞에 앉아있던 도덕이가 작은 소리로 중얼거렸다.

"어휴, 너 또 잃어버렸냐?"

선생님은 도덕이를 바라보며 말씀하셨다. 그 말에 도덕이는 화가 나서 사물함, 서랍, 친구 서랍, 복도를 모두 찾아보았지만 교과서는 어디에도 없

었다. 5교시에도, 방과 후에도 찾아보았지만 아무 데서도 보이지 않았다.

"힝, 어디 있는 거야? 엄마한테 혼날 텐데……."

도덕이는 힘없는 목소리로 중얼거렸다.

쾅, 교실문이 열리고 누군가 들어왔다. 학교에서 벌어진 사건을 잘 해결하여 아이들 사이에 '탐정'이라 불리는 아이였다.

"어? 너는 전교에서 잃어버리기 1등이라고 불린 김도덕?!"

탐정이 말했다.

"응, 맞아."

도덕이가 대답했다.

"너 왜 혼자 있냐?"

"교과서를 잃어버렸거든"

"내가 찾아줄게"

탐정은 곰곰이 생각한 뒤 말했다.

"너 가방 좀 보자!"

탐정이 도덕이의 가방을 자세히 살펴보니 도덕
이의 교과서가 있었다.

"고마워"

도덕이가 대답했다.

"필요하면 불러!"

탐정은 그렇게 말하고 교실을 나갔다.

교과서를 찾은 도덕이는 집에 갔다. 하지만 도덕이의 엄마는 선생님과 통화를 하고 있었다. 그리고 몇 분 후, 도덕이 엄마는 몹시 화가 나 계셨다.

"자꾸 물건을 잃어버릴 거면 집에서 나가!"

엄마는 화난 목소리로 말씀하셨다. 도덕이는 엄마의 말을 들으며 풀이 죽은 채 자기 방으로 들어갔다. 도덕이 머릿속에 맴도는 질문이 하나 있었다.

'나는 왜 이렇게 물건을 자주 잃어버릴까?'

도덕이 책상에 앉아 진지하게 생각하기 시작했다.

　도덕이는 엄마 몰래 방에서 기억력을 좋게 하는 훈련을 하기로 마음을 먹었다. 도덕이는 평소에 싫어하던 호두를 먹으며 기억력 높이는 게임을 하면서 기억력을 조금씩 높여 갔다.

다음 날이 되었다. 도덕이는 교실에 들어가 자기 자리에 가방을 올려두었다. 그런데 그 때 이리저리 다니며 무언가는 찾고 있는 탐정의 모습이 눈에 보였다.

"너 왜 그래?"

도덕이가 물었다.

"내 국어 교과서가 사라졌어!"

탐정이 대답했다.

"그래? 국어 교과서를 마지막으로 본 것이 언제인지 잘 생각해봐."

도덕이가 자기 자리에 앉으며 차근차근 물어봤다.

"어제 국어 수업이 끝나고 책상 서랍에 정리한 것까지는 기억해."

탐정이 잠시 뜸을 들이더니 대답했다.

"그럼, 네 책상 주변을 찾아보자."

"고마워."

도덕이는 탐정의 책상 서랍과 그 주변을 찾아봤다. 교과서는 탐정의 가방 속에 있었다.

"우와, 도덕이가 탐정의 교과서를 찾았다."

친구들이 환호성을 질렀다. 도덕이는 자신이 너무 자랑스러웠다.

제4화 한 달의 여행

채영

주혁

지구별은 애니메이션에 나오는 인물이 삽니다. 물론 인간도 살죠. 채영이는 부잣집 첫째 딸이고 동생을 가졌습니다. 주현이는 56평집에 살고 언니를 가졌습니다. 주현이는 채영이의 오래된 소꿉친구입니다. 주현이는 베프 5주년 기념으로 채영이네 집에 놀러 갔습니다. 주현이는 말했습니다

"채영아, 나 왔어."

채영이가 대답했습니다.

"어, 그래. 들어와. 오늘은 한라봉 무스가 간식이야."

주연이는 대문을 열고 방으로 들어왔습니다.

"우와, 맛있겠다."

주현이가 말했습니다

"주현아, 우리 베프 5주년 기념으로 아빠가 만들어 주신 아지트 볼래?."

채영이가 말했습니다.

"얼른 가보자."

주현이가 말했습니다.

"짜잔!~"

채영이가 보여줬습니다. 주현이는 너무 놀라 입이 딱 벌어졌습니다. 아지트 안에는 침대와 책상이 있었습니다. 그리고 책상에 포스트잇이 한 장 붙어 있었습니다.

'채영아, 아빠야. 주현이와 베프 5주년을 축하한

다. 너희에게 이 아지트가 멋진 선물이 되었으면 좋겠구나. 너희가 이 메시지를 읽을 때쯤 아빠는 일본에 있을 거 같구나. 한 달 정도 걸릴 거야. 잘 지내고 있으렴.'

아빠의 메시지를 읽은 채영이와 주현이는 장난스러운 표정으로 서로를 쳐다보았습니다.

"주현아, 우리도 아빠 따라 일본에 갈까?"

채영이가 신이 나서 물었습니다.

"그래."

주현이가 말했습니다.

"우리 일본으로 여행 가자. 나 토토로랑 포뇨, 소스케, 쎈 보고 싶어."

채영이가 말했습니다.

"그래, 나도 걔네 보고 싶어."

주현이가 말했습니다.

"여행 계획 짜자."

채영이가 A4용지를 꺼내며 말했습니다.

"첫 번째는 토토로 집에 가고, 두 번째는 쎈이 일하는 목욕탕에 가고, 세 번째는 소스케 집에 가자."

주현이가 말했습니다.

"그래, 얼른 가자."

채영이가 말했습니다.

"엄마, 우리도 아빠 따라 일본에 가도 되요?"

채영이가 아지트에서 나와 주방을 향해 소리쳤습니다.

"그래."

엄마가 주방에서 얼굴을 내밀며 대답했습니다.

채영이와 주현이는 짐을 싸고 공항으로 들어갔습니다. 주현이와 채영이는 공항에서 간식을 사고 비행기를 탔습니다.

"우와, 나 너무 긴장돼."

주현이가 말했습니다.

"괜찮아? 내가 손 잡아줄게"

채영이와 주현이는 호텔에 도착해서 짐을 두고 토토로를 찾아 나섰습니다.

"우와~ 여기 굉장히 만화 같다."

채영이가 지도를 보며 말했습니다.

"어, 토토로 동생? 토토로 동생!"

주현이가 말했습니다.

"진짜네! 따라가 보자!'

채영이가 말했습니다.

주현이와 채영이는 토토로 동생을 따라가 보니 토토로가 있었습니다.

"토토로야, 놀자."

채영이와 주현이가 동시에 소리쳤습니다. 둘은 서로 마주보며 웃었습니다. 그들은 팽이도 타고 트램펄린처럼 토토로 배를 뛰어다니며 놀았습니다.

"헉, 너무 힘들어. 너무 많이 놀았나 봐."

채영이가 말했습니다.

"그러게 말이야. 나도 너무 힘들다."

주현이가 말했습니다.

"우리 조금만 쉬었다 가자. 하암"

채영이가 하품했습니다.

"그러자."

주현이가 말했습니다. 채영이와 주현이는 어느새 잠이 들었습니다.

"흐음... 아!"

채영이가 깨어나며 말했습니다.

"하암... 왜 채영아?"

주현이가 물었습니다.

"이제... 우리 목욕탕 갈까? 우리 몸도 좀 더럽고..."

채영이가 옷을 보며 말했습니다.

"그래! 나도 좀 찜찜해. 가자!"

주현이가 말했습니다. 채영이와 주현이는 쎈이 일하는 목욕탕 문에서 초인종을 눌렀습니다.

"누구세요?"

쎈이 물었습니다.

"우리야! 우리... 잠시 목욕탕 빌려도 돼?"

채영이가 부탁했습니다.

"그, 그래. 목욕탕 빌려줄게, 대신 조금 도와줘."

쎈이 말했습니다.

"알았어."

채영이가 말했습니다. 그들은 목욕탕으로 갔습니다.

"우와~ 여기 되게 넓다.!"

채영이가 말했습니다.

"헉!"

주현이가 놀랐습니다. 채영이와 주현이의 머리카락이 검은색으로 변한 겁니다.

"우와~ 여기 오면 머리카락 색도 바뀌잖아! 음 3층이라고 했지?"

채영이가 말했습니다.

"3층? 아! 그런데 쎈 어딨어?"

주현이가 물었습니다.

"아~ 쎈은 바쁘다면서 저리로 가던데. 쎈이 우리더러 3층 목욕탕 A-C에서 물 좀 붓고, 수건 좀 나르래."

채영이와 주현이는 엘리베이터를
기다렸습니다. 엘리베이터문이 열리
자 손님이 타고 있었습니다. 주현이
가 놀랐습니다.

"어, 어... 안녕하세요"

채영이가 말했습니다. 손님은 채영이와 주현이
를 보고 한숨을 내쉬었습니다. 3층이 되자 채영
이와 주현이는 목욕탕 A-C 도착했습니다.

"이제 물 채우자!"

주현이가 수도꼭지를 돌리며 말했습니다.

"그..."

채영이가 대답하려던 참에 물이 채영이 몸으로
쏟아졌습니다.

"힉! 미, 미안"

주현이가 사과했습니다.

"괘, 괜찮아"

채영이는 말했습니다. 채영이와 주현이는 물을

채우고 수건을 널려고 수건을 잡았습니다.

"가자!"

채영이가 뛰며 말했습니다.

"아야!"

주현이가 넘어지며 말했습니다.

"괜찮아? 야! 너 무릎에서 피
나!"

채영이가 말했습니다.

"으...."

주현이가 말했습니다.

"얘들아! 사장님이 너네 경기 안 뛰면 집에 안
보내 준데!"

쎈이 뛰어오며 말했습니다.

"헉! 주현이는 안 되는데, 주현이는 빠지면 안
될까?"

채영이가 물어봤습니다.

"아마 안될걸? 아이고! 얘들아 지금 가야 해!"

쎈은 먼저 경기장에 갔습니다.

"어떡해? 주현아, 내가 도와줄게. 가자!"

채영이가 말했습니다.

"지금부터 대회를 시작하겠습니다."

심판이 말했습니다.

"땅!!!"

"하... 하..."

주현이가 숨을 쉬며 뛰었습니다.

"주현 승!"

심판이 말했습니다. 순간 주현이는 쓰러졌습니다. 주현이는 연습실에서 쉬었습니다.

"준비...땅 !!!"

"이얏!"

채영이가 전속력으로 달렸습니다.

"채영이 승!!"

심판이 말했습니다.

"주현아... "

채영이는 주현이를 업고 대회장을 떠났습니다.

"휴~ 저기가 마을인가? 강이 있잖아! 이대로면 못 가는데.."

채영이가 말했습니다.

"어? 소스케!! 여기야"

채영이가 외쳤습니다.

"어? 채영아!"

소스케가 말했습니다.

"소스케! 주현이가 많이 아픈데 혹시 너희 집에서 쉴 수 있을까?"

채영이가 물어봤습니다.

"그래! 내 집에서 양송이 스프도 먹어."

소스케가 노를 저으며 말했습니다.

"자! 스프 여기 있어!"

소스케가 말했습니다.

"호..."

채영이 옆에 누군가가 입김을 불었습니다.

"으악!!"

채영이가 소리 질렀습니다.

"왜 그래?"

주현이가 물었습니다.

"어.. 주현아 ! 괜찮아?"

채영이가 말했습니다.

"난 괜찮아.. 호롭"

주현이가 스프를 마시며 말했습니다.

"소스케! 나 저기 2층에 올라가도 돼?"

채영이가 물어봤습니다.

"그래. 아! 그리고 옥상에서 자!"

소스케가 말했습니다.

"응"

채영이가 말했습니다.

채영이와 주현이는 옥상에 올라갔습니다.
"우와~여기 좋다. 어, 바다가 보이네!"

채영이는 창문 쪽에 앉았습니다. 9시가 되자, 채영이와 주현이는 잠이 들었습니다. 다음날 아침 채영이와 주현이는 소스케의 배를 타고 채영이의 아빠의 호텔로 갔습니다.

"으허..너무 힘들었다."

채영이가 호텔 복도를 지나가며 말했습니다.

"그러게, 오늘이 마지막 밤이잖아. 그래서인지 밤하늘이 예쁘네."

주현이가 하늘을 보며 말했습니다.

"어!...."

채영이가 중얼거리며 눈을 감았습니다.

"왜? 별똥별이다!"

주현이가 놀라며 말했습니다.

"이런 예쁜 하늘에 별똥별이라니. 오늘 너무 좋다!"

채영이가 방방 뛰며 말했습니다.

"그러게!... 하암..."

주현이가 하품을 하며 말했습니다.

"얘들아! 뭐하니? 얼른 들어와서 씻고 자!"

복도 끝에서 아빠가 말했습니다.

"네~"

주현이와 채영이가 동시에 말했습니다.

"오늘 새벽에도 별똥별이 떨어지면 좋겠다."

채영이가 걸으면서 말했습니다.

"그러게, 별똥별 정말 예뻤는데."

주현이가 문을 열며 말했습니다.

"나 먼저 씻는다!"

채영이가 재빠르게 욕실로 들어갔습니다.

"그.. 그래"

주현이가 말을 더듬거리며 말했습니다.

20분 후 채영이가 가운을 입고 나왔습니다.

"이제 너 씻어, 여기 물 진짜 깨끗하고 따뜻하더라."

채영이가 머리를 말리며 말했습니다.

"진짜?! 알았어!"

주현이가 욕실로 들어가며 말했습니다. 주현이가 나오고 오른쪽 방문을 열자 채영이가 빗질을 하고 있었습니다.

"하암... 이제 자자"

주현이가 하품하며 말했습니다.

"그래, 내가 창문 쪽에서 잘게"

채영이가 침대에 누우며 말했습니다.

"잘자!"

주현이가 불을 끄며 말했습니다. 새벽에 갑자기 수많은 별똥별이 떨어졌습니다. 그것이 바로 채영이의 소원이었습니다.

제5화 강아지와 고양이의 핫바 전쟁

　민재가 핫바를 사러 편의점에 들어갔다. 아직 점심시간이 되지 않아서인지 편의점에는 사람이 별로 없었다. 민재는 컵라면과 핫바를 사고 편의점에서 나왔다. 민재는 핫바를 주머니에 넣고 컵라면을 겨드랑이 사이에 끼웠다.

　"딸랑."

　편의점 문을 열자 종소리가 울렸다. 민재는 편의점을 나오면서 주머니를 뒤져 핸드폰을 꺼냈

다. 그 순간 핫바가 골목에 떨어졌다. 민재는 아무것도 모르고 핸드폰만 보면서 집으로 갔다.

바닥에 떨어진 핫바를 본 강아지와 고양이는 핫바를 향해 달려갔다.
"핫바다. 내가 먼저 봤어."
강아지가 핫바를 향해 최선을 다해 달리며 말한다. 고양이는 더 빨리 뛰며 말했다.
"내꺼야. 먼저 잡는 동물이 임자지."

강아지는 고양이의 꼬리를 물었다. 고양이는 너무 아파서 빨리 뛸 수 없었다. 그래서 고양이도 손톱으로 강아지를 할퀴었다. 강아지와 고양이는 핫바를 먹으려고 싸우기 시작했다. 고양이는 발

톱으로 강아지를 할퀴었다. 강아지는 고양이한테
달려가 물고 놓지 않았다. 고양이가 연속으로 강
아지를 할퀴어서 강아지는 치명상을 입었다. 강
아지가 고양이를 무는 바람에 고양이는 팔을 못
쓰게 됐다.

"으악, 내 털."

둘은 동시에 소리를 질렀다. 강아지도 고양이도
서로 싸우느라 핫바를 신경쓰지 못했다. 서로 너
무 부상을 입어서 어쩔 수 없이 싸움을 멈춘 그
들은 두리번두리번 핫바를 찾는다. 핫바가 도로
로 날아가 있었다. 아마도 지나가던 사람이 발로
찬 모양이다.

"안 돼! 내 핫바."

강아지와 고양이는 도로에 떨어진 핫바를 아쉬
운 눈치로 바라보며 서로 싸운 것을 후회하고 사
과했다.

"미안해, 같이 나눠 먹을 걸 그랬나 봐."

강아지가 미안해했다.

"나도 미안해."

고양이도 대답한다.

강아지와 고양이는 너무 많이 싸웠더니 힘이 빠지고 배가 고파서 잠에 빠졌다. 잠에 빠진 강아지와 고양이는 행복한 표정이다. 어쩌면 둘 다 핫바를 실컷 먹는 꿈을 꾸는 모양이다.

"음냐, 맛있다."

강아지가 입맛을 다시며 잠꼬대했다. 고양이도 같은 꿈을 꾸는지 혀를 날름거렸다.

학원 가방을 들고 민재가 다시 편의점 앞을 지난다.

"어, 핫바다. 다 뜯어졌네. 아깝다."

쿵! 민재는 핫바를 쓰레기통에 넣으면서 말했다.

"아, 학원 늦겠다. 내가 이럴 때가 아니지. 빨리 가야겠다."

민재는 서둘러 뛰어갔다.

그때, 골목에서 자고 있던 강아지와 고양이는 서로 눈이 마주쳤다. 핫바가 쓰레기통에 떨어지는 소리를 듣고 잠에서 깬 것이다. 바람을 따라 핫바 냄새가 풍겼다. 하지만 핫바는 어디에도 보이지 않는다.

"핫바 냄새난다."

고양이가 기지개를 켜며 말한다.

"그러게 말이야."

강아지가 졸린 표정으로 대답한다. 힘들고 배고픈 강아지와 고양이는 다시 잠이 들었다.

제**6**화 우리들의 첫 가출

엄마가 말했다.

"너, 왜 학원 빠졌어?"

"아, 어쩌라고?"

태리가 말하고 문을 쾅 닫

았다. 그렇다. 태리는 사춘기이

다. 중1 사춘기. 태리는 항상 밥 먹듯이 학원에 빠

지고 반항한다. 태리는 생각했다.

'나도 이제 멋지고 의젓하게 가출할 거야.'

태리는 가출을 결정하고 바로 짐을 싸기 시작했

다. 그런데 그때 오빠인 태윤이가 들어왔다. 태윤이가 말했다.

"야, 너 뭐 하냐?"

"나? 가출하려고 짐 싸."

"그래? 안 그래도 나 아빠 때문에 짜증났는데, 나도 같이 가출하자."

"그래,"

우리는 다시 짐을 싸기 시작했다. 부모님 몰래 조용히 싸고 있었다.

"우리 뭘 싸야 할까?"

"뭘 싸야 안 무겁고 편리할까?"

"일단 필요해 보이는 것을 가져가자."

"필요한 거 너무 많이 싸지 않았어?"

"그러게."

태리와 태윤은 짐을 좀 뺐다. 그리고 잠을 자려고 침대에 누웠다. 둘은 새벽 4시에 일어나서 가출할 생각이었다. 하지만 잠이 오지 않아 가방을

잘 챙겼나 다시 보고 또 본 다음에야 잠이 들었
다.

새벽 4시에 가출할 준비를 하고 바로 나갔다.

"와, 새벽 공기 정말 좋다."

"그러게~ 가출하기 잘했네."

태리와 태윤은 공원 한구석에 자리를 잡고 짐을 풀기 시작했다. 태윤이 말했다.

"아, 막상 나오니까 할 것도 없다."

"나, 닌텐디스위치 가져왔어."

태리가 게임기를 손에 들고 흔들며 말했다.

"어, 야 하자, 하자!"

태윤이가 신이 나서 소리쳤다.

"어? 그런데 배터리가 없나 봐. 전원이 안 켜지네."

"야, 다시 확인해 봐."

"없어."

"안돼!"

태리와 태윤이는 함께 소리를 질렀다.

"야, 시끄러워! 이 새벽에 왜 소리를 질러? 조용히 좀 해."

　근처 아파트 창문이 열리더니 까치집을 한 아줌마가 고개를 내밀고 소리를 질렀다.

"죄송합니다."

사과한 태윤이와 태리의 얼굴이 빨갛게 달아올랐다.

꼬르륵.

"태리야, 갑자기 배가 고프다."

"오빠, 우리 빵 두 조각밖에 없는데..."

태리가 말한다.

"두 조각? 정말?"

"그래도 물은 가져왔어."

"아이구, 이제부터 물배 채워야겠구나!"

"그러고 보니 우리 세수해야 하는데, 어떡하지?"

"아, 맞다. 그 생각을 못 했네."

"제일 중요한 걸 빼먹으면 어떡해?"

"우리 이제 노숙자가 된 건가?"

"어, 그러네."

"그냥 집으로 돌아가 버려?!"

"안돼. 보나 마나 무조건 혼날걸?"

"아, 엄마, 아빠가 우리를 피, 땀, 눈물로 키우셨구나!"

우린 그것도 모르고 화를 냈었다.

"아, 엄마, 아빠~"

태윤이가 시무룩하게 말했다.

"엄마, 아빠 없으니까 너무 힘들다."

태리도 힘든 표정으로 말했다.

"그러게. 먹을 것도 없고 주민들한테 혼나고..."

"오빠, 우리가 너무 반항했나 봐. 맛있는 음식도 먹게 해주시고, 따뜻한 쉴 곳도 주시고, 포근한 옷도 주시는데..."

"우리가 정신이 나갔었나 봐. 이것저것 많이 한 것 같은데 이제 겨우 여섯 시네. 테리야, 우리 그만 들어가자."

"어... 어딜?"

"우리 집으로."

"어떻게? 우리 지금 엄마께 화만 내고 나와 버

렸잖아. 지금 엄청 화가 나 계실 거라고! 그리고 우리도 체면이 있지. 어떻게 맘대로 나가고 맘대로 들어가? 안 그래? 다 우리 잘못이야!!"

"그러니까. 그러니까 우리 체면 살리러 다시 들어가자고. 태리 너는 계속 노숙자처럼 살 거야?"

잠시 뜸을 들이더니 태윤이가 계속 이야기한다.

"우리가 계속 이렇게 살 수는 없으니까, 집으로 돌아가자."

"그래... 그래야겠지? 나와서 생각해보니 우리가 얼마나 편하게 살았었는지 알겠어. 그런데 우린 그것도 모르고..."

"이제부터 정신 바짝 차려 태리야!"

"응, 오빠!"

그렇게 태리와 태윤은 집으로 가는 중, 아이와 엄마, 아빠가 오순도순 이야기를 나누며 걸어가는 모습을 봤다. 태리의 볼에서는 눈물이 흘러내리고 있었다. 태윤의 볼에도 눈물이 끝없이 흘러

내렸다. 왜 우는지는 알 수 없었다. 울면서 길을 걸으니 사람들이 이상한 눈빛으로 쳐다봤지만 상관없었다. 오직 부모님만 생각났다. 그렇게 터벅터벅 집으로 돌아갔지만, 엄마 아빠는 집에 계시지 않았다. 태리와 태윤이는 걱정이 되기 시작했다.

'우리를 찾으러 나가신 건 아닐까?'

'아니면 우리가 미워서 멀리멀리 떠나신 건 아닐까?'

태리는 큰 소리로 울었고, 태윤이는 가만히 얼어붙어 있었다.

'이제 부모님께 용서도 빌지 못하는 건가?'

태리 머릿속에 나쁜 생각들이 스쳐 지나가던 찰나, 현관문 비밀번호를 누르는 소리가 들렸다.

"띠리리릭!"

현관문이 열리더니 엄마와 아빠가 들어오셨다.

"엄마, 아빠!!!!"

태리가 눈물을 닦으며 현관문으로 달려갔다.

"엄마, 우리 여기 있어요!!"

태윤이도 반가운 마음에 소리를 질렀다.

"어머나, 얘들아...!"

엄마가 어리둥절한 표정으로 말씀하셨다.

"너희 왜 그러니? 무슨 나쁜 꿈꿨니?"

아빠도 깜짝 놀라 말씀하셨다.

"엄마, 아빠, 죄송해요. 저희가 정말 잘못했어요. 엄마, 아빠께서 저희를 어떻게 키우셨는지도 모르고 반항만 해서 정말 죄송해요. 다신 그러지 않을게요."

"그래, 그래야지. 너희가 드디어 철이 들었구나! 다시는 그러지 마."

엄마는 흐뭇한 표정으로 태리와 태윤이를 바라보며 말했다.

"엄마, 아빠 사랑해요."

태리와 태윤이는 엄마와 아빠 품에서 한참을 울

었다.

"그런데 엄마 어디 다녀오셨어요?"

태윤이가 감정을 추스르고 엄마에게 물었다.

"엄마? 아빠랑 요 앞에 산책 다녀왔지, 요즘에 너무 살이 많이 쪄서 말이야."

"엄마, 우리를 찾으러 간 게 아니었어요?"

태리는 놀라서 물었다.

"너희를 찾으러? 방에서 자는 애들을 왜 밖에 나가서 찾아?"

엄마가 대답하고는 콧노래를 부르면서 주방으로 들어갔다. 태리와 태윤이는 어이없다는 표정으로 서로를 바라보았다. 그리고 웃음이 터져 나왔다.

그리고 태리와 태윤이의 가출 소동이 기억에서 사라질 즈음, 아빠의 방 속에서 짐 싸는 소리가 들리는데...

제7화 오싹한 바다 캠핑장

"출발이다."

우리가 소리쳤어요. 드디어 기다리고 기다리던 캠핑 가는 날이에요.

"우리 짐 싸고 놀이터에서 2시에 만나자."

송송이가 말했어요.

"그래!"

모두 동의했어요. 땡! 2시가 되었어요. 우리는 자전거를 타고 신나게 출발했어요. 쨍쨍이는 날아 왔고요.

가는 데 걸리는 시간은 세 시간이에요. 하지만 두 시간쯤 가자 아이들은 지쳤어요.

"우리 좀 쉬자."

린린이가 말했어요.

"그래!"

우리는 10분만 쉬기로 하고 깜빡 잠이 들었어요.

"지금 몇 시야?"

린린이가 물었어요.

"5시 50분."

송송이가 말했어요.

"망했다. 전속력으로 페달을 밟아!! 우리 예약 시간이 6시 30분이란 말이야."

린린이가 말했어요. 우리는 부랴부랴 짐을 챙겨 페달을 밟았어요.

"캠핑장까지 얼마나 남았어?"

짹짹이가 물었어요.

"30분만 더 가면 될 것 같아."

토리가 말했어요.

"얘들아, 우리 조금만 더 힘내자!"

냥냥이가 말했어요. 우리 모두 더 빨리 페달을 밟았어요. 드디어 캠핑장에 도착했어요!

"드디어 도착!"

우리는 드디어 머나먼 길을 지나 캠핑장에 도착했어요. 그래서 우리는 텐트를 쳤어요. 그러고는 우리는 신나게 놀았어요. 그런데 너무 신나게 논 나머지 배가 고팠어요.

"얘들아, 우리 너무 배고프지 않니?"

토리가 말했어요.

"그래. 얘들아, 우리 뭐 좀 먹고 하자."

린린이가 말했어요. 숑숑이가 마시멜로우랑 바베큐를 구웠어요. 그리고 저녁을 맛있게 먹었어요.

"얘들아, 우리 조금만 더 놀자."

숑숑이가 말했어요.

"그래, 그러지 뭐. 어차피 잠도 안 오는데,"

짹짹이도 말했어요. 그래서 동물 친구들은 더 신나게 놀았어요. 그런데 너무 졸려서 동물 친구들은 잠을 청했어요. 짹짹이는 밤 산책을 나가기로 했어요.

"짹짹 짹짹~ 밤공기가 참 상쾌하다. 짹짹 짹.... 어!! 저... 저것은... 조... 좀비?"

짹짹이는 재빨리 텐트로 가 친구들에게 다급하게 말했어요.

"얘들아, 밖에 좀비가 있어."

"좀비?"

친구들은 소리쳤어요. 린린이가 말했지요.

"에이~ 짹짹이가 장난치는 거지? 좀비가 세상에 있을 리가 있겠어?"

"진짜 봤다니깐!"

"좀비, 너무 무섭다."

송송이는 텐트에서 이불을 덮고 몸을 웅크렸어요.

"애들아, 재미있을 거 같지 않아? 나가보자!"

토리가 제안했어요.

"그래, 나가보자."

린린이, 토리, 냥냥이와 짹짹이는 토리의 제안을 받아들였어요.

"짹짹아, 가지마!"

겁쟁이 송송이가 말했어요. 결국 짹짹이는 송송이 곁에 있기로 했어요. "진짜 봤다니까, 너희들 위험하게 나가지 말고 그냥 텐트에 있어."

"짹짹이 너, 못 봤구나!"

"아니야, 봤어. 내 말을 못 믿겠으면 그냥 나가. 나가서 보면 될 거 아니야."

그렇게 친구 셋은 좀비를 보러 나갔어요. 그런데 눈앞에 우두커니 서 있는 것이 좀비가 아닌가요?

"꺄악~"

"살려줘."

"기린 살려. 좀비야!"

세 친구들은 달아나기 시작했어요. 좀비는 무서운 속도로 토리, 냥냥이, 린린이를 따라잡았어요. 토리, 린린이, 냥냥이는 좀비에게 물렸어요.

"왜 안 들어오지?"

송송이가 물었어요.

"글쎄... 어! 왔다!"

"얘들아, 왜 이렇게 늦게 왔어?"

짹짹이가 물었어요.

"어, 그냥... 찾아봤는데 좀비는 없었어."

린린이가 말했어요.

"아, 내가 잘못 봤나봐. 근데 너희 추워? 왜 떨고 있어?"

짹짹이가 물었어요.

"좀 춥네. 하하하."

냥냥이가 대답했어요.

"그래? 그럼 모닥불에 가까이 있어."

송송이가 말했어요.

"모, 모닥불?"

린린이, 냥냥이, 토리가 말했어요.

"응, 너희 불장난 좋아하잖아. 왜 무서워?"

송송이가 물었어요.

"아니, 그냥... 우리는 나갔다 올게."

송송이가 짹짹이에게 말했어요.

"쟤네들 좀 수상해. 혹시 좀비에게 감염된 거 아니야?"

"그... 그런 것 같아."

"어떡해?"

"몰라."

둘은 텐트로 들어갔어요.

"아직도 춥니?"

“응.”

“그럼, 모닥불 근처에 있으라니까...”

“서프라이즈~”

“꺄악~”

“아... 아저씨?”

“귀신이다!!”

“좀비님, 살려주세요. 솔직히 저 4일 전에 동생 아이스크림 먹은 거 맞아요! 제발 살려주세요.”

“얘들아, 놀랐니? 나야나.”

“어, 캠핑장 주인아저씨다.”

“어?”

친구들은 깜짝 놀랐어요. 이것은 다 캠핑장 주인아저씨의 장난이었거든요.

“이곳은 ‘오싹한 바다 캠핑장’이야. 이곳은 밤마다 내가 좀비 분장을 하고 다니거든. 그래서 너희 셋을 보고 무는 척을 했는데 너희가 좀비한테 물렸으니 ‘나는 좀비다.’라고 생각했나 봐. 좀비가

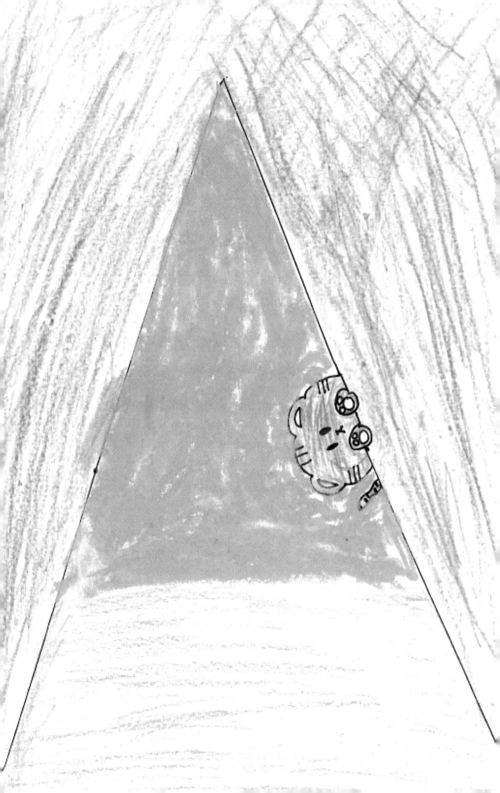

된 것처럼 비틀비틀하며 너희 텐트로 돌아가더라고. 하하하"

"그런 거였어요?"

"좀비도 별거 아니네!!"

친구들은 그날 밤 편한 마음으로 잘 수 있었어요.

다음날이 되었어요.

"오늘은 집으로 돌아가는 날~"

친구들은 캠핑 용품과 텐트를 정리했어요. 그리고 주인 아저씨께 인사를 하고 자전거에 탔어요.

"참, 즐거웠어~"

"다음에도 가자!"

다섯 친구들은 자전거를 타고 들판을 달렸어요.

에필로그

그날 밤, 오싹한 바다가 보이는 캠핑장에서는 진짜 좀비의 울음소리가 들린다.

작가의 말

국어 시간이었다. 나는 책을 한 권 읽어주고 있었다. '동그리의 모험'이라는 책이었는데, 2018년 제주 고산초등학교 4학년 학생들과 함께 만든 이야기책이었다. 아이들은 신기하다는 듯이 우리도 만들 수 있냐고 물었다.

"너희도 책 만들고 싶어?"

내가 물었다.

"네"

아이들은 크게 대답했다. 그리고 우리는 글을 쓰기 시작했다.

<강아지의 저항>은 강아지가 커져서 강아지 몸속을 탐험하는 이야기이다. 다훤이는 대표로 우리 팀을 이끌어 갔고, 이야기 주인공으로 강아지를 생각한 것은 지성이었다. 지오와 형욱이는 이야기의 내용을 생

각하였다. 우리 모두의 의견을 모아서 '강아지의 저항'이라는 이야기를 만들었다. 친구들과 여러 가지 이야기를 할 수 있어서 좋았다.

<로뎅과 오뎅>은 힘든 시간 끝에 탄생한 이야기이다. 우리들이 이야기를 만드는데 엄청난 협동과 두뇌가 필요했기 때문이다. 그래도 재미있게 활동할 수 있었다.

<어휴, 너 또 잃어버렸냐>는 일상생활에서 물건을 잘 잃어버리는 아이를 표현한 이야기이다. 자기 물건을 스스로 잘 간수해야 한다는 이야기를 쓰고 싶었다. 우리 모두 자기 물건을 잘 간수하자.

<한 달의 여행>은 두 소녀의 꿈만 같은 여행 이야기이다. 책 내용에서 나오는 인물은 우리가 좋아하는 애니메이션에 나오는 주인공들이다. 우리는 책을 만들면서 서로 의견이 안 맞아서 싸우기도 하고 삽화를 넣을 땐 많이 웃기도 했다. 그렇게 우리의 이야기를

만들었다.

   <강아지와 고양이의 핫바 전쟁>은 강아지와 고양이가 핫바를 차지하기 위해 싸우는 이야기이다. 5월쯤이었다. 선생님께서 책을 만들자고 하셨다. 처음에 우리는 만들기 싫었지만 만들다 보니 재미있어졌다. 이야기를 쓸 때는 여러 의견이 나왔었다. 그래서 가위바위보를 하여 정했다. 그림을 어떻게 그릴까 하다가 한 명은 강아지와 고양이 그림을 그리고 다른 사람은 등장인물을 그리면 좋겠다고 하여 그렇게 했다. 지금은 한 명이 전학을 가서 두 명만 남게 되었다.

   <우리들의 첫 가출>은 사춘기를 겪고 있는 아이들의 이야기이다. 우리 모둠은 모두 사춘기를 겪고 있는 사촌과 친오빠, 언니들이 있다. 그들은 '우리들의 첫 가출'에서 나오는 태리, 태윤처럼 행동하곤 한다. 물론 그들이 아직 가출을 하지 않았지만 엄마와 아빠의 사랑을 느낄 수 있게 하기 위해서 이 책을 만들었다. 우리가 처음으로 책을 만들어서 많이 어색할 수

있지만 재미있게 읽어주면 좋겠다. 마지막으로 사춘기를 겪고 있는 언니, 오빠들에게 한마디 하고 싶다. "언니 오빠들. 부모님이 많이 사랑하고 있다는 것을 꼭 기억해 주셨으면 좋겠어요. 그러니까 부모님께서 혼도 내시죠!"

<오싹한 바다 캠핑장>은 다섯 마리의 동물들이 캠핑을 하면서 겪는 모험 이야기이다. 공식적으로 책을 만드는 건 처음이라 힘든 것도 많았지만 재미있는 경험이었다. 다시 책을 쓸 날이 기다려진다.

시간이 흐른 후 어른이 된 아이들이 이 책을 펼쳐 보았을 때, 그들은 어떤 생각을 할까? 아무것도 아닌 일로 행복하고, 아무것도 아닌 일로 화가 나기도 하고, 아무것도 아닌 일로 꺄르륵 웃어대던 4학년이 떠오르면 좋겠다. 2023년 우리의 여름은 순수하고 아름다운 계절이었다고 생각하면 좋겠다.

2023년 9월 신도초등학교 4학년 3반 학생들